Groundwood Books / Libros Tigrillo / House of Anansi Press   Toronto   Berkeley

Con el sol en los ojos
With the Sun in My Eyes

Jorge Luján

Morteza Zahedi

Traducción de
Translated by

Janet Glass

To Giulia, Valentina, David & La Principessa dei Gelati — JL

To Sarvenaz Farsian — MZ

Había un niño que salía cada día
y lo primero que miraba, en eso se convertía.

There was a child went forth every day,
And the first object he look'd upon, that object he became.

— Walt Whitman

Mi calle es como el tronco de un almendro
que floreciera en otra parte.

Quién sabe si sus raíces se hunden
en el horizonte del este.

Quién sabe si esta casa es un nido
hecho entre el tronco y una rama.

Quién sabe si en la punta de las ramas
maduran frutos misteriosos…

¿Alguien lo sabe?
Quién sabe.

My street is like the trunk of an almond tree
that blossoms somewhere else.

Who knows if its roots reach down
into the eastern sky.

Who knows if this house is a nest
built between trunk and branch.

Who knows if at the tips of its branches
mysterious fruits are ripening…

Does anybody know?
Who knows.

Andan como el sol y la luna
el gallo y la gallina
siguiéndose en el patio.

Tiro maíz y se queda
en el a i r e
formando constelaciones.

No sé por qué ocurren estas cosas
en mi cielo gallinero
ni cómo permanecen
brillando en mi memoria.

They walk around like sun and moon
rooster and hen
chasing each other round the yard.

I toss them corn and it hangs
in the a i r
forming constellations.

I don't know why these things happen
in my henhouse sky
nor how they stay
glistening in my memory.

Todo lo que tengo es mucho:
mi perro Oliverio,
el viento golpeándome en la cara
y tu risa que estalla por nada.

Todo lo que tengo es tuyo:
el escondite en la azotea,
el barrilete de dragón
y esta canción para que dos se quieran.

All that I have is a lot:
my dog Oliver,
wind hitting me in the face
and your laughter that explodes for no reason.

All that I have is yours:
hide-and-seek on the roof,
the dragon kite
and this song for to love one another.

Salí a pasear solo
para oír el silencio adentro mío.

Regresé desconcertado,
el silencio aturdía más que el ruido.

I went for a walk alone
to hear silence inside me.

I returned surprised.
Silence was louder than noise.

Esta era una gallina
que ponía un huevo de oro cada día.
Unos niños la encontraron empollando…

Mira ahora:
¡Solecitos que caminan!

This was a hen
who laid a golden egg each day.
Some children found her brooding…

Now look:
Tiny walking suns!

La muñeca está distraída,
debe estar pensando
en alguien que la quería.

The doll's not paying attention.
She must be thinking about
someone who once loved her.

Clap…clap…
los pies en el lago.
Diez pececillos
mordisquean mis dedos.

Shuc…shuc…
regreso a mi casa.
Los peces vienen conmigo.
Los dedos, jugando en el agua.

Slap…slap…
feet in the lake.
Ten little fishies
nibble my toes.

Slush…slush…
I go back home.
The fishies come with me.
Toes play in the water.

Llevar el sol en los ojos
Llevarlo en un vaso de agua
En un espejito
En una campana de lata
Llevarlo en una canica
En una bola de cristal
En el bolsillo
En el bolsillo no se puede
Entonces en una cuchara
En una gota
En nada

Wear the sun in your eyes
Carry it in a glass of water
In a little mirror
In a tin bell
Bring it in a marble
In a crystal ball
In a pocket
Can't fit in a pocket
Then in a spoon
In a drop
In nothing

El sol en un balde
se lava la cara.

El sol en el río
camina descalzo.

El sol a las noches
¡las pasa en la luna!

The sun in a bucket
is washing its face.

The sun in the river
is walking barefoot.

The sun at night
is daydreaming with the moon!

Partir
desde el puerto de la ventana
hacia los mares de arriba.

Cosas para hacer allá:
de día
calcar el paisaje terrestre
en una nube transparente,

de noche
trazar una osa mayor que otra
con un pincel fosforescente.

Regresar a tiempo
para mirar desde abajo
y descubrir nuestra huella en las alturas.

Leave
from my window's port
for the seas that lie above.

Things to do up there:
by day
recreate the earth's landscape
on a transparent cloud,

by night
trace the Great Bear or another
with a luminous paintbrush.

Come back in time
to look up from below
and discover our tracks in the heavens.

Groundwood Books / House of Anansi Press
110 Spadina Avenue, Suite 801, Toronto, Ontario M5V 2K4
or c/o Publishers Group West
1700 Fourth Street, Berkeley, CA 94710

We acknowledge for their financial support of our publishing program the
Government of Canada through the Canada Book Fund (CBF).

Library and Archives Canada Cataloguing in Publication

Luján, Jorge
Con el sol en los ojos = With the sun in my eyes / by Jorge
Luján ; illustrated by Morteza Zahedi ; translated by Janet Glass.

Poems.
Text in Spanish and English.
ISBN 978-1-55498-158-8

I. Zahedi, Morteza II. Glass, Janet III. Title.
IV. Title: With the sun in my eyes.

PQ7798.422.U43C65 2012   j861'.7   C2011-906030-2

The illustrations were created with mixed media,
including marker, stamps, linocuts and the computer.
Design by Michael Solomon, adapted from an original design by Ivana Myszkoroski
Printed and bound in China